LES

VENDANGES

OU LE

BAILLY D'ASNIÈRES

COMÉDIE EN UN ACTE, EN VERS

DE REGNARD

PUBLIÉE COMPLÈTE POUR LA PREMIÈRE FOIS

PAR LOUIS LACOUR

> J'aime mieux imiter certains auteurs de nom,
> Qu'en produisant de moi ne faire rien qui vaille.
>
> REGNARD, *les Souhaits*, sc. V.

PARIS

DENTU, ÉDITEUR — 13, GALERIE D'ORLÉANS

A. AUBRY, LIBRAIRE — RUE DAUPHINE, 16

1855

LES VENDANGES

PARIS. — DE SOYE ET BOUCHET, IMPRIMEURS, 2, PLACE DU PANTHÉON.

LES

VENDANGES

OU LE

BAILLY D'ASNIÈRES

COMÉDIE EN UN ACTE, EN VERS

DE REGNARD

PUBLIÉE COMPLÈTE POUR LA PREMIÈRE FOIS

PAR LOUIS LACOUR

PARIS

E. DENTU, ÉDITEUR — PAL.-ROY., 13, GALERIE D'ORLÉANS

A. AUBRY, LIBRAIRE — RUE DAUPHINE, 16

1855

A MONSIEUR CAMILLE DOUCET

AUTEUR DRAMATIQUE

A MESSIEURS

SAMSON, PROVOST, REGNIER, MONROSE, GOT

DE LA COMÉDIE FRANÇAISE

J'aime mieux imiter certains auteurs de nom,
Qu'en produisant de moi ne faire rien qui vaille.

REGNARD, *les Souhaits*, sc. V.

Au préalable, un mot, lecteur.

Il est étrange qu'un nom sans valeur ait osé s'adjoindre à celui de Regnard ; mais nous avons compté sur une indulgence de votre part plus grande que notre hardiesse.

L'acte du *Bailly d'Asnières*, trouvé incomplet dans les papiers de l'auteur fut publié tel après sa mort. C'est dans cet état qu'il nous est parvenu. — Autant dire qu'on l'oublia.

Je pensai qu'une suite, en forme de pastiche, rendrait susceptibles d'être jouées ces dix-neuf scènes du célèbre auteur comique, dont les chefs-d'œuvre, après ceux de Molière, seront l'éternelle gloire de l'esprit humain.

Ainsi achevée, cette comédie fut, en 1853, présentée au Théâtre-Français. On la trouva digne d'être lue aux acteurs *.

* Voici le rapport fait à ce sujet, il demande un mot d'explication.

Pour aplanir des difficultés que nous présagions devoir s'élever nombreuses sur nos pas, nous avions donné la fin de la comédie comme retrouvée dans le cabinet d'un amateur anglais. Il paraît que nos efforts pour imiter le *faire* de Regnard, déroutèrent le malheureux examinateur. Lisez sa prose :

« Ce sont bien, en effet, les allures de l'ancienne comédie, franche et quelque peu décolletée. S'il y a pastiche, il est assez heureusement réussi, et toute la question est de savoir si le manuscrit retrouvé est bien de Regnard, ce qui nous est impossible à vérifier.

« Au point de vue du répertoire de Regnard, on se trouve avec ce petit acte en présence d'une pochade grotesque et même triviale, et dont toute la première partie est d'un comique bien supérieur à la seconde, précisément celle qui a été découverte et arrangée.

« Le premier fragment du *Bailly d'Asnières* n'a jamais été représenté et, à ce titre, si l'authenticité du second fragment peut se constater, il serait certainement fort curieux d'offrir aujourd'hui un tout complet au public.

« Nous le répétons, s'il y a pastiche, il est habilement fait; si cette suite est de Regnard, la touche en est d'une faiblesse relative; *dans tous les cas, l'exhibition scénique offrirait de l'intérêt, et nous n'hésitons pas à proposer au comité de vouloir bien statuer à cet égard, s'il y a lieu.* »

On le voit, la conclusion est formelle et la parole de M. A. Houssaye vint la confirmer, même après l'aveu de notre supercherie.

Et elle attend encore son tour !

D'ou ce retard vient-il ? Ce n'est pas à nous, partie intéressée, de l'apprécier.

Un seul fait nous affirmons : que la pièce n'a pas changé. Acceptable hier, pourquoi ne le serait-elle plus aujourd'hui?

PERSONNAGES

M. TRIGAUDIN, avocat.
MADAME TRIGAUDIN.
BABET, fille de M. Trigaudin.
TOINON, servante de M. Trigaudin.
LÉANDRE, amant de Babet.
CHAMPAGNE, valet de Léandre.
GRIFFONET, clerc de M. Trigaudin.
GUILLOT et MATHIEU, paysans.
LA PROCUREUSE.
LA GREFFIÈRE.
LA SERRE, procureur.
UN GREFFIER.
UN COMMISSAIRE.

La scène est à Asnières.

LES VENDANGES

SCÈNE PREMIÈRE.

M. TRIGAUDIN, MADAME TRIGAUDIN.

TRIGAUDIN.

Oui, vous dis-je, sans faute ils arrivent ce soir;
Ma femme, ordonnez tout pour les bien recevoir :
Étant bailly du lieu, cette charge m'engage
A faire de mon mieux les honneurs du village.
Ça, pendant la vendange, égayons nos esprits;
Pour cela, tout exprès ils viennent de Paris,
Monsieur de Bonnemain, procureur, et son père,
Honnête huissier, tous deux pour moi gens à tout faire;
Mais surtout le premier, à qui je veux demain
Que ma fille s'unisse, en lui donnant la main.
Les autres sont greffier, commissaire, et notaire;
Savoir : messieurs Hardi, Tiran, La Griffaudière.

MADAME TRIGAUDIN.

Çamon! c'est bien le temps de faire des bombances!
Vous deviendrez bien riche avecque ces dépenses!

Voyez-vous, mon mari, je vous le dis tout net,
Il faut qu'un avocat ménage mieux son fait.

TRIGAUDIN.

J'ai mes raisons, ma femme, et sais ce qu'il faut faire.

MADAME TRIGAUDIN.

Sont-ce là les leçons de feu votre grand-père?
Le pauvre homme! Il me semble encor que je le voi.
C'étoit un homme sage.

TRIGAUDIN.

Il l'étoit plus que moi,
D'accord.

MADAME TRIGAUDIN.

Tous ses discours portoient toujours sentence.
Manger son bled en herbe est grande extravagance,
A-t-il dit mille fois. Quoiqu'on puisse amasser,
Il ne faut point de bourse à qui veut dépenser.
Grandes maisons se font par petite cuisine.

TRIGAUDIN.

Oui, mon grand-père étoit fort savant en lésine;
Et pour jeter l'argent, je sais trop ce qu'il vaut :
Gens de robe n'ont point volontiers ce défaut.
Mais, malgré tout cela, je tiens, quoi que l'on die,
Que dépense bien faite est grande économie;
Enfin j'ai de l'esprit, et sais mes intérêts.

MADAME TRIGAUDIN.

Mais pourquoi rassembler la crasse du Palais?
Des greffiers!

TRIGAUDIN.

N'en déplaise à votre humeur bourrue,
Ce sont tous bons bourgeois ayant pignon sur rue.

MADAME TRIGAUDIN.

Ah! mon fils, vous avez le goût peu délicat :
Des procureurs!

TRIGAUDIN.

Eh bien! Moi, je suis avocat;

Mais ma profession, malgré son excellence,
De ces sortes de gens a quelque dépendance;
Et beaucoup d'avocats, qui font les grands seigneurs,
Se trouvent bien d'avoir des gendres procureurs.

MADAME TRIGAUDIN.

Mais...

TRIGAUDIN.

Mais point de discours, j'ai résolu l'affaire;
Faites-nous seulement bonne mine et grand'chère.
M'entendez-vous ?

MADAME TRIGAUDIN.

Il faut suivre vos volontés;
Mais je fais malgré moi ce que vous souhaitez.

TRIGAUDIN.

Du souper sur vos soins mon esprit se repose.

MADAME TRIGAUDIN.

On y va donner ordre.

TRIGAUDIN.

Au moins, sur toute chose,
N'allez pas pratiquer les leçons de tantôt,
Là... celles du grand-père.

MADAME TRIGAUDIN.

On fera ce qu'il faut.

SCÈNE II.

TRIGAUDIN.

Au fond, elle a raison ; dans le temps des vacances,
Ne gagnant rien, on doit modérer ses dépenses :
Cependant marier ma fille, que je croi,
Quelque argent qu'il m'en coûte, est fort bien fait à moi.
De l'âge dont elle est, la garde d'une ville
Dans un pays conquis, seroit moins difficile.
Il lui faudra pourtant faire part de mon bien ;
Ma charge de bailly ne vaut presque plus rien.

En vendange, autrefois, dans les lieux où nous sommes,
Peu de jours se passoient qu'il n'arrivât mort d'hommes;
Mais tout est bien changé, chacun se tient reclus;
Le temps est malheureux : on ne s'assomme plus.
Griffonet!

SCÈNE III.

M. TRIGAUDIN, GRIFFONET.

GRIFFONET.

Quoi, monsieur?

TRIGAUDIN.

Va dire en diligence
Au procureur-fiscal qu'il tienne, en mon absence,
Les plaids pour moi.

GRIFFONET.

Fort bien.

TRIGAUDIN.

Moi, dans mon cabinet,
Je vais dresser le plan du contrat de Babet.

SCÈNE IV.

GRIFFONET.

Et madame Babet, de Léandre amoureuse,
Dresse un plan pour ne pas devenir procureuse.
On a beau la garder et l'observer de près,
Il suffit que Toinon soit dans ses intérêts,
Monsieur le procureur ne tient rien.

SCÈNE V.

TOINON, GRIFFONET.

GRIFFONET.

Ah! ma chère,

Te voilà sans Babet?

TOINON.

Qu'as-tu fait de son père?

GRIFFONET.

Il est monté là-haut.

TOINON.

Ça, maître Griffonet,
De notre enlèvement tu sais tout le projet:
Mon estime pour toi sera-t-elle trompée?
Ne veux-tu point quitter la cape pour l'épée?
Aimes-tu mieux, dis-moi, toujours être un pied-plat,
Un apprenti sergent, petit clerc d'avocat,
Que de te voir monsieur par les soins de Léandre?
Le moins, en le servant, que tu puisses prétendre,
C'est d'être subalterne en quelque régiment,
Où tu feras bientôt fortune assurément.
Réponds donc.

GRIFFONET.

N'es-tu pas sûre de ma réponse?
Au métier que je fais de bon cœur je renonce.
N'aurai-je pas bon air à cheval, Toinon, dis,
Avec un grand plumet? Tiens, je crois que j'y suis.
Pour moi, j'aime la guerre et je hais les affaires,
Au Palais, à présent, on n'en amasse guères:
Monsieur jamais n'y plaide, y fût-il tout le jour;
Il en a fait serment, que je pense. A la cour,
Je ne l'ai point encore ouï que dans une cause;
Aussi ne parle-t-il à chacun d'autre chose:
Il est de la conter tellement altéré,
Qu'on le fuit en tous lieux comme un pestiféré;
Dès qu'il ouvre la bouche on déserte sur l'heure.

SCÈNE VI.

BABET, TOINON, GRIFFONET.

GRIFFONET.

Mais j'aperçois sa fille.

BABET.

Ah! Griffonet, demeure:
Je veux t'entretenir.

GRIFFONET.

J'ai tout su de Toinon,
Madame.

BABET.

Eh bien?

GRIFFONET.

Ma foi, je n'ai pu dire non.
Pour servir vos amours je suis prêt à tout faire.
Je vais auparavant où monsieur votre père
M'envoie, et je reviens; quoi qu'il puisse arriver,
J'oserai tout pour vous, jusqu'à vous enlever.

SCÈNE VII.

BABET, TOINON.

TOINON.

Oh! Monsieur Griffonet est un brave, madame,
Un garçon hasardeux. Mais, qui trouble votre âme?
Léandre va venir; quel est votre souci?

BABET.

Ce n'est qu'avec chagrin que je le vois ici;
Ma mère peut rentrer, mon père peut descendre,
Et cette salle, enfin, est commode à surprendre:
Je suis dans des frayeurs qu'on ne peut concevoir.

TOINON.

Eh quoi! mort de ma vie! Est-ce un crime d'avoir
Un tendre engagement avec un honnête homme?
Si celles qui en ont alloient le dire à Rome,*
La France deviendroit un pays bien désert.

BABET.

Mais si ce rendez-vous, Toinon, est découvert?

TOINON.

Il faut bien vous attendre à d'autres aventures.

BABET.

Mais le moindre soupçon peut rompre nos mesures.

TOINON.

Mais, pour les prendre, il faut se voir, et convenir
De vos faits, et savoir à quoi vous en tenir.

BABET.

Je crains...

TOINON.

Dans le chagrin que cette peur me donne,
Je ne sais qui me tient que je vous abandonne.
Comment! Trembler toujours! Avoir incessamment
Des inégalités...

SCÈNE VIII.

BABET, TOINON, LÉANDRE.

TOINON.

Mais voici votre amant.

BABET.

Prends donc garde, Toinon, que personne...

LÉANDRE, à Babet.

Madame,

* On ose proposer cette variante :

S'il falloit, pour en prendre, aller le dire à Rome.

Tout semble conspirer au succès de ma flamme;
Et votre tante, enfin, de l'aveu d'un époux,
En cette occasion se déclare pour nous :
Nous trouverons chez elle une sûre retraite;
Mais vous me paroissez incertaine, inquiète :
Après m'avoir donné votre consentement,
Avez-vous pu sitôt changer de sentiment?

BABET.

N'imputez point ce trouble à mon peu de tendresse,
Léandre, et n'accusez que ma seule foiblesse.

LÉANDRE.

Vous rassurez par là mon esprit alarmé,
Madame; et ce soupçon heureusement calmé,
Fait place aux doux transports...

TOINON, à Léandre.

Oh! finissons de grâce :
Dans un long entretien votre esprit s'embarrasse;
Il n'est point maintenant question de cela.

LÉANDRE.

Que mon bonheur est doux! Ah, madame!

TOINON.

Halte-là!
Vous dis-je, et bannissons tous ces discours frivoles :
Il faut des actions, et non pas des paroles.
Que tous vos gens...

LÉANDRE.

Ils sont à deux cents pas d'ici.

TOINON.

La chaise?

LÉANDRE.

Dans une heure elle doit être aussi
Au coin du petit bois.

TOINON.

Au moins, qu'elle soit prête
Lorsque nos paysans commenceront la fête :

C'est un bal villageois, dont la confusion
Sera très-favorable à notre évasion ;
Et chacune de nous, en nymphe déguisée,
Trouvera vers le bois la fuite plus aisée,
Pendant que Griffonet... Mais on vient nous troubler.

SCÈNE IX.

M. TRIGAUDIN, BABET, LÉANDRE, TOINON.

BABET, *bas.*

C'est mon père, Toinon.

LÉANDRE, *bas à Babet.*

Laissez-moi lui parler.

TRIGAUDIN, *à part.*

Que vois-je? Un homme! Il entre en ceci du mystère.

BABET, *bas à Léandre.*

Je crains...

LÉANDRE, *bas à Babet.*

Ne craignez rien, je prends sur moi l'affaire ;
(*à Trigaudin*).
J'ai tout prévu... Le bruit de votre grand savoir
Me fait venir, monsieur, de Paris pour vous voir,
Et vous communiquer un fait de conséquence.

TRIGAUDIN.

Je le débrouillerai mieux que personne en France.

LÉANDRE.

Ce fait est important, mais il n'est pas nouveau.

TRIGAUDIN, *à Babet et à Toinon.*

Rentrez.

(*Babet et Toinon sortent*).

SCÈNE X.

TRIGAUDIN, LÉANDRE.

(Trigaudin tousse).

LÉANDRE.

Vous toussez fort.

TRIGAUDIN.

C'est un fruit du barreau.
Ayant, ces jours derniers, dans toute une audience
Entretenu la cour sur un cas d'importance,
Un brouillard, dont en vain je voulus me garder,
M'a mis pour quatre mois hors d'état de plaider :
Lorsque je veux parler, je souffre le martyre.

LÉANDRE.

Écoutez-moi, je n'ai que deux mots à vous dire.

TRIGAUDIN.

A la bonne heure, soit; dépêchez seulement.
Quoiqu'en vacation, jusqu'au moindre moment,
Le temps m'est précieux. Dites-moi votre affaire.

LÉANDRE.

Il s'agit en ceci d'un amoureux mystère.

TRIGAUDIN.

Or, soit.

LÉANDRE.

Je crois, monsieur, que vous êtes humain...

TRIGAUDIN.

Aux gens de bien, monsieur, je tends toujours la main.

LÉANDRE.

Que vous êtes charmé de rendre un bon office.

TRIGAUDIN.

Expliquez-vous, je suis tout à votre service.

LÉANDRE.

Monsieur, un mien ami, de qui les intérêts

M'ont toujours été chers et me touchent de près,
Est fortement épris d'une fille très-belle,
Qui répond à ses feux d'une ardeur mutuelle;
Un père rigoureux veut forcer leurs désirs.
(Ces pères sont toujours ennemis des plaisirs.)
En cette extrémité, n'est-il point d'artifice
Pour les mettre à couvert des rigueurs de justice
Contre l'enlèvement qu'ils sont prêts de tenter?
L'ami pour qui je viens ici vous consulter,
M'a prié, ne voulant rien faire à la légère,
De prendre par écrit votre avis sur l'affaire.

TRIGAUDIN.

Lorsque la voix publique a su vous informer
De ce profond savoir qui me fait estimer,
Elle a dû, ce me semble, aussitôt vous instruire
De cette probité qu'en moi chacun admire;
Et je ne sais, monsieur, qui vous donne sujet
De me communiquer un si hardi projet :
En cela je vous trouve un peu bien téméraire,
Et n'ai point là-dessus de réponse à vous faire.

LÉANDRE.

Je conviens avec vous de ma témérité,
Et mon début vous a justement irrité ;
Mais, malgré mon audace, et trop grande et trop haute,
S'il est quelque moyen de réparer ma faute,
J'oserai...

TRIGAUDIN.

Quoi, monsieur?

LÉANDRE, lui présentant une bourse.

Vous prier instamment...

TRIGAUDIN.

Ces prières, monsieur, sont un commandement.

LÉANDRE.

Fort bien.

TRIGAUDIN.

Ne croyez pas que l'intérêt m'engage
A protéger le crime ou le libertinage ;
Et, n'étoit que je vois que c'est à bonne fin,
Que tout cela ne tend qu'au mariage enfin,
Vous me verriez toujours résolu de me taire.
Oui, je pèse toujours mûrement une affaire,
Et l'examine bien avant que m'embarquer ;
Mais je vois bien qu'ici je n'ai rien à risquer.
Cette affaire, monsieur, est de soi criminelle ;
En matière de rapt l'ordonnance est formelle ;
Mais, dans l'occasion, on peut bien quelquefois
En faveur d'un ami, faire gauchir les lois :
C'est là le fin, monsieur. Ce père inexorable;
Quel homme est-ce?

LÉANDRE.

Un fâcheux, d'une humeur peu traitable,
Qui n'a point d'autre but que son propre intérêt.

TRIGAUDIN.

Quelque bourru, sans doute !

LÉANDRE.

Oui, voilà ce que c'est.

TRIGAUDIN.

Ce complot se fait-il de l'aveu de la belle?

LÉANDRE.

Oui, tout cela se fait de concert avec elle :
C'est ainsi qu'on m'a dit la chose.

TRIGAUDIN.

Elle a raison.
Elle fera fort bien de forcer sa prison.
Et quand un père usurpe un pouvoir tyrannique,
On peut, pour s'affranchir, mettre tout en pratique.
Que votre ami, monsieur, achève son dessein ;
J'entreprends le procès, si l'on poursuit.

LÉANDRE.

Enfin,
Vous approuvez la chose?

TRIGAUDIN.

Oui ; qu'ils partent : le père
Se trouvera, ma foi, bien camus.

LÉANDRE.

On l'espère.
Ayez donc la bonté de signer votre avis.

TRIGAUDIN.

Volontiers.

LÉANDRE.

Vos conseils seront en tout suivis.

TRIGAUDIN.

Je réponds du succès. Savez-vous quelle cause
Je plaidai l'autre jour? Morbleu, la belle chose!
Je vais en répéter quelques traits seulement.

SCÈNE XI.

M. TRIGAUDIN, LÉANDRE, TOINON.

TOINON.

On vous demande là.

TRIGAUDIN.

Qu'on m'attende un moment.

TOINON.

Ce sont gens bien pressés.

LÉANDRE.

Monsieur, je me retire.

TRIGAUDIN.

Non, non. Vous entendrez ce que je veux vous dire ;
La chose vous plaira, j'en suis très assuré.
Le sujet du procès est un âne égaré.

TOINON, *à part.*

Le voilà tout trouvé, sans procès, ni chicane.

TRIGAUDIN.

En la cause, je suis pour le maître de l'âne,
Qui sur le détenteur veut le revendiquer.

LÉANDRE.

Certes! la cause est rare.

TRIGAUDIN.

Et fort à remarquer.
Voyez avec quel art ce plaidoyer commence!

LÉANDRE, à part.

Voilà pour mettre à bout toute ma patience.

TRIGAUDIN.

« Quand le grand Annibal et les Carthaginois,
« De deux consuls romains triomphant à la fois,
« Portèrent la terreur au sein de l'Italie,
« Et couvrirent de morts les plaines d'Apulie;
« Quand ce fils d'Amilcar, du sang des légions,
« Fit rougir la campagne, inonda les sillons,
« L'aigle prenant la fuite au fameux jour de Canne... »

TOINON.

Qu'a cela de commun, monsieur, avec votre âne,
Et qu'est-il besoin là de canne, ni d'oison?

TRIGAUDIN, à Toinon.

Sortez.

SCÈNE XII.

M. TRIGAUDIN, LÉANDRE.

TRIGAUDIN.

On le verra dans ma péroraison.
Sur ce fameux combat jusque-là je me joue;
Mais naturellement tout cela se dénoue,
Et je viens à mon fait.

LÉANDRE.

J'abuse trop longtemps

Des moments destinés à vos soins importants.

TRIGAUDIN.

Par ce commencement vous jugez bien du reste.
L'exorde m'a coûté beaucoup, je vous proteste;
Mais de ma peine aussi j'ai recueilli le fruit,
Et jamais plaidoyer ne fera plus de bruit :
Aux affaires depuis je ne saurois suffire.

(Il reconduit Léandre).

LÉANDRE.

Vous me désobligez de vouloir me conduire.

TRIGAUDIN.

Je prétends m'acquitter de ce que je vous doi.

LÉANDRE.

Demeurez.

TRIGAUDIN.

Oh! monsieur.

LÉANDRE.

De grâce, laissez-moi.

SCÈNE XIII.

M. TRIGAUDIN, TOINON.

TRIGAUDIN.

Qu'est-ce?

TOINON.

Deux paysans qui vont crever, je pense.
Voulez-vous bien, monsieur, leur donner audience?
Ils viennent, que je crois, de faire un mauvais coup,
Ou bien, par la campagne, ils ont vu quelque loup;
Car ils haltent tous deux comme des chiens de chasse.

TRIGAUDIN.

Qu'ils entrent.

TOINON.

Les voici; je vais leur faire place.

SCÈNE XIV.

M. TRIGAUDIN, GUILLOT, MATHIEU.

TRIGAUDIN.

Ces gens sont-ils muets? Que veut dire ceci?
Que voulez-vous?

GUILLOT.

Monsieur... j'ons couru... jusqu'ici,
Pour... je sis essoufflé... Maquieu conte la chore,
Et défrinche... tout c'en que j'ons vu...

TRIGAUDIN.

La pécore!

MATHIEU.

Dis tai-même, s'tu veux... je sis tout hors de moi.

TRIGAUDIN.

Ces lourdauds, me feront enrager, que je croi.
Que diantre voulez-vous? Parleras-tu, maroufle?

GUILLOT.

Monsieu... je n'en pis plus.

TRIGAUDIN.

Le coquin! comme il souffle.
Qu'est-ce donc? Qu'y a-t-il?

MATHIEU.

C'est que, tout maintenant,
Comme j'allions nous deux... aux champs... en dandenant...

TRIGAUDIN.

Tu diras ce que c'est, ou, morbleu, je t'assomme,

GUILLOT.

Pour vous le faire court, j'ons vu tuer un homme.

TRIGAUDIN, à part.

Voici de quoi payer mon souper.

MATHIEU.

Ah. Monsieu!

GUILLOT.

Celi qu'en a tué, c'est le genre a Maquieu.

MATHIEU, essuyant ses yeux.

Oui, monsieu.

TRIGAUDIN.

Eh! tant mieux. Bonne affaire, ou je meure.

GUILLOT.

J'ons morguenne arrêté l'assassin tout sur l'heure ;
Pis, l'ayant enfarmé dans la grange à Gariau,
J'ons couru... vous voyez, j'ons le corps tout en yau.

TRIGAUDIN.

Avez-vous des témoins?

GUILLOT.

J'en avons à revenre.

MATHIEU.

Monsieu, tout chaudement si vous vouliez le penre.

TRIGAUDIN.

Il faut y procéder et j'y vais à l'instant;
Mais, dites-moi d'abord, quel est le délinquant?

GUILLOT.

C'est...

TRIGAUDIN.

Hé bien! Parle donc.

GUILLOT.

Un garçon de village.

TRIGAUDIN.

C'est bien à des marauds de tuer! Ah! j'enrage!
Ce n'est point là, morbleu, ce que j'ai cru d'abord :
J'en rabats plus de quinze; et je me trompe fort,
Si je ne demeurois pour les frais de l'enquête.

MATHIEU.

Morgué, monsieu, partons.

TRIGAUDIN.

Va, tu me romps la tête.

MATHIEU.

Peut-être qu'on lairra sauver le criminel.

TRIGAUDIN.

Hé bien ! sauve qui peut ! Rien n'est si naturel.
Le jeu n'en vaudroit pas aussi-bien la chandelle.

GUILLOT.

Ma si...

TRIGAUDIN.

Les importuns !

SCÈNE XV.

GRIFFONET, M. TRIGAUDIN, GUILLOT, MATHIEU.

GRIFFONET, venant avec précipitation.

Monsieur ! Bonne nouvelle !
Un homme assassiné.

TRIGAUDIN.

J'ai tout su de ces gens.

GRIFFONET.

Quoi ! Vous n'y courez pas?

TRIGAUDIN.

Hé ! nous avons du temps;
Demain il fera jour; rien encor ne se gâte.

GUILLOT.

Oui ; mais...

TRIGAUDIN.

Courez devant, si vous avez si hâte.

MATHIEU,

La chose presse.

TRIGAUDIN.

A l'autre ! Au diantre le plat-pied !

GRIFFONET.

Vous ne savez donc pas que la bête a bon pied.

TRIGAUDIN.

Comment ?

GRIFFONET.

Que l'assassin que ces gens ont fait prendre,
Conduisoit au marché des cochons pour les vendre?

TRIGAUDIN.

Des cochons ?

GRIFFONET.

Oui vraiment.

TRIGAUDIN.

Hé bien! qu'en as-tu fait?

GRIFFONET.

Belle demande !

TRIGAUDIN.

Encor?

GRIFFONET.

Serez-vous satisfait?
J'ai tout mis en prison.

TRIGAUDIN.

Où donc ?

GRIFFONET.

Dans une étable.
Un novice auroit fait arrêter le coupable ;
Mais, instruit au métier par vos douces leçons,
Laissant le délinquant, j'ai saisi les cochons.

TRIGAUDIN.

Tu seras quelque jour un juge d'importance ;
Mais, sans perdre de temps, partons en diligence.
Allons, que l'on me bride un cheval, dépêchons.

SCÈNE XVI.

M. TRIGAUDIN, GUILLOT, MATHIEU.

TRIGAUDIN.

Que ne me disiez-vous qu'il avoit des cochons?

MATHIEU.

Eh ! je ne pensions pas qu'il en fût plus coupable.

TRIGAUDIN.

Si fait! si fait! Un homme assommé! Comment, diable !
Et des cochons! suffit! Rien ne peut m'émouvoir;
Je prétends, en bon juge, en faire mon devoir;
Ceci mérite exemple.

GUILLOT.

Eh! pour le maître, passe;
Mais les cochons, monsieu; morgué, faites-leu grâce.

MATHIEU, *d'un ton pleurant.*

Je vous la demandons.

TRIGAUDIN.

Nous verrons tout cela.
Je vais prendre ma robe, enfants, attendez là.

SCÈNE XVII.

GUILLOT, MATHIEU.

MATHIEU.

Noutre bailly, tout franc, entend les récritures;

GUILLOT.

Morgué! son clerc itou sait bian les proucédures,
Ce sont deux fins matois que ces compères-là.

MATHIEU.

Voilà, par ma figuette, un bon juge, stilà;
N'est-il pas vrai, Guillot?

GUILLOT.

Y me semble de même.

MATHIEU.

Y n'y cherche point tant de chose, ni de frême.
Aux autres, pour avoir un méchant jugement,
Y leu faut, palsangué, plus de recoulement,

Et plus de con... fron... tra... tanquia, plus de grimoire!
An n'en seroit chévir, et c'est la mar à boire ;
Ma ly, sans barguigner, y va d'abour au fait;
Drès qu'on a des cochons, le procès est tout fait :
C'est juger comme il faut.

GUILLOT.

Oui, morgué, c'est l'entenre.
Ma si, tandis qu'il est dans son himeur de penre,
A noutre collecteur je faisions... tu m'entends.

MATHIEU.

C'est très-bian avisé ; vengeons-nous tout d'un temps.

GUILLOT.

Le compère a, morguoi, des cochons.

MATHIEU.

La pensée
En est bonne: oui, ma foi, baillons-ly la poussée.

SCÈNE XVIII.

M. TRIGAUDIN, GUILLOT, MATHIEU.

TRIGAUDIN, botté.

Un homme assassiné! Nous allons voir beau jeu!
Il en mourra plus d'un.

MATHIEU.

C'est bian dit ; mais, monsieu,
Comme tout vilain cas fut toujours regniable,
S'il soutiant aux témoins...

TRIGAUDIN.

Quoi ?

MATHIEU.

Qu'il n'est point coupable,
Qu'on la pris pour un autre...

TRIGAUDIN.

Eh ! non : sait-on pas bien.

MATHIEU.

S'il les récuse enfin ?

TRIGAUDIN.

Allez, ne craignez rien :
Voyez-vous, ces détours ne peuvent me surprendre,
L'homme aux cochons, vous dis-je, est celui qu'il faut pendre.

GUILLOT.

Mais, monsieu, si toujou je commencions par là,
Pour ne point parde temps ?

TRIGAUDIN.

Le lourdaud que voilà !

GUILLOT.

Je verbaliserons après tout à noutre aise.

TRIGAUDIN.

Oui, oui. Ça, dépêchons.

GUILLOT.

Monsieu, ne vous déplaise,
Je pourrions là-dessus raisonner un moment.

MATHIEU.

J'avons du temps pour tout.

TRIGAUDIN.

Partons incessamment ;
La chose se requiert. Sans me rompre la tête,
Qu'on aille plutôt voir si ma monture est prête.

SCÈNE XIX.

M. TRIGAUDIN, GUILLOT, MATHIEU, TOINON.

TRIGAUDIN.

Quoi! Qu'est-ce encor , Toinon? Ne partirons-nous pas ?

* Le travail du continuateur commence au premier vers de cette page.

TOINON.*

Votre bidet, monsieur, est tout bridé là-bas.

TRIGAUDIN.

Venez. Si je triomphe en cette belle affaire,
Je t'apporte un jambon, ma fille, pour salaire.

GUILLOT.

Moi, je t'en baille itou.

MATHIEU.

Pour moi...

TRIGAUDIN.

Sortez. Marchons.

SCÈNE XX.

TOINON.

Ah! Je respire enfin. Bien, messieurs les cochons
Grâce à vous, notre belle a pu gagner la chaise,'
Et les deux paysans s'expliquent à leur aise.
Quant au bailly... Pauvre homme! Il en deviendra fou,
S'il perd, comme je pense, et la chèvre et le chou.
A-t-il de ces vilains compris le bavardage?
Je ne crois pas. C'est bien le plus affreux ramage :
On diroit des savants. Mais peut-être à dessein
Bredouilloient-ils; j'ai su qu'ils n'ont point l'assassin,
Pour obtenir l'enquête ils rusoient; sa capture
Leur grange, et cœtera sont d'invention pure.
Que ne le faisoient-ils d'un trésor possesseur?
Leur juge à les servir eût montré plus d'ardeur.
Enfin, grâce au troupeau que son esprit avise,
Notre clerc, prêt à tout, répare leur sottise.
Nous voilà bien chanceux, la mère est au repas,
Le père dans les champs; et plus de rémoras!
Non, jarni! Griffonet en son cerveau fertile,
Oncques n'a fait germer de fourbe aussi subtile

Je l'aimerois, tout franc, s'il n'étoit point si laid;
Léandre lui pourra... mais je vois son valet!

SCÈNE XXI.

TOINON, CHAMPAGNE.

TOINON.

Dieux! Par quel accident?... Hé bien, seigneur Champagne?

CHAMPAGNE.

Bonjour; tu sais qu'au bois mon maître et sa compagne,
De leur suite craignant le trop nombreux concours,
N'ont voulu qu'une brette et moi pour tout secours...

TOINON.

Et toi? s'ils t'ont compté, je suis fort abusée.

CHAMPAGNE.

Holà! de ton esprit bannis cette pensée.
Mais, pour en arriver sur ce point à mes fins,
Apprends qu'un Dieu jaloux entrave nos desseins,
Que, non loin d'un fossé, je ne sais quelle alerte
Nous a fait choir tous trois de la chaise entr'ouverte;
Et cela, s'il te plaît (diantre soit du cheval!)
Sous les yeux...

TOINON.

Des archers?

CHAMPAGNE.

Autant vaut. D'un rival.
Il nous voit, il bondit, il éclate, il tempête!
Léandre est insulté; moi, portant haut la tête,
J'allois montrer du cœur en garçon hasardeux...
Si mon maître, à coup sûr, n'en eût eu pour nous deux...

TOINON.

Lâche!

CHAMPAGNE.

Comment! Plaît-il? Maintes franches lippées,

En mille occasions par mon dos attrapées,
De mon cœur sont garants. Si tu m'as vu pâmer,
C'est de crainte qu'on eût du mal à m'assommer.
Suffit. J'en viens au fait. Pour veiller sur madame,
Je me mets derrière elle et le combat s'entame ;
Coup sur coup nos rivaux, l'œil en feu, fer en main,
Font jaillir l'étincelle au milieu du chemin.
Ma présence à Babet rend courage. Tranquille
Sur le sort qui l'attend, je sais me rendre utile.
Il falloit m'admirer! Ah! Comme je courois,
J'allois, je revenois, je me multipliois,
De Babet aux chevaux, des chevaux à la chaise.
Et vif! Nul, à me voir aussi bien à mon aise,
N'eût pensé qu'à trois pas deux mortels courroucés
Peut-être alloient tomber par un fer transpercés.
De l'éclat, sans mentir, j'en faisois comme quatre.
Morbleu! Sang-bleu! Corbleu! Qu'il est beau de se battre!
Que ce spectacle est grand! Qu'il a pour moi d'appas!
(à part).
Je le préfère à tout; mais quand je n'en suis pas.
(Haut.)
Quel bruit! Je... tout trembloit! Tiens, vois-tu la chaussée?
Vois-tu Babet? Vois-tu la chaise renversée?
Vois-tu... Vois-tu Champagne? Ici Léandre, et là...
Hé! Que voyoit-on là? Bon! Ouais! Diable! Ah! voilà.
As-tu vu quelque part un tableau du déluge?
Non? Je te plains. Ce fut le plus affreux grabuge.
Temples, palais, jardins, hommes, femmes, troupeaux,
Tout, jusqu'aux plus hauts monts, disparut sous les eaux.
Pas un de ses témoins n'en a conté l'histoire,
Et ce fut un spectacle à ne jamais y croire.
Hé bien, cela n'est rien quand on a vu nos gens.
Leur...

TOINON.

Pouf! Je n'en puis plus. Dans quel état mes sens...

Voyons, au fait, au fait.

CHAMPAGNE.

Ah ! bon ! C'est vrai, ma chère.
Le sang d'un des rivaux bientôt rougit la terre :
C'étoit...

TOINON.

Léandre ! O ciel !

CHAMPAGNE.

Tout beau. Grande est l'erreur :
Léandre use un peu mieux du fer qu'un procureur,
Et de taille et d'estoc s'escrimant de plus belle
A, des feux du mignon, préservé la donzelle ;
Il est dans nos filets, et, s'il en veut sortir,
Il faut à nos desseins tantôt s'assujettir,
Aux genoux de Babet implorer sa clémence,
Confesser qu'en l'aimant il montroit sa démence,
Et nous faire un écrit, en homme du métier,
Pourquoi je viens quérir encre, plume et papier.

TOINON.

Soit, vite ; presse-toi.

CHAMPAGNE.

Notre blessé demande
Certains soins, qu'à dessein nous voulons que l'on rende.
J'y cours. Adieu, mon cœur ; salut à tes beaux yeux !

TOINON.

Quoi ! Masque, il est bien temps. Tranchons de l'amoureux !
Puisqu'il te plaît sauver Léandre et sa maîtresse,
Va. Pour qui m'aime un peu c'est la chose qui presse.

(Champagne sort.)

SCÈNE XXII.

MADAME TRIGAUDIN, TOINON.

MADAME TRIGAUDIN.

La peste soit de l'homme !

TOINON, à part.

Euh ! Dame Trigaudin !

(Haut.)

Madame, on vous croiroit à flairer le chagrin ?

MADAME TRIGAUDIN.

Pourquoi pas? Ton bailly me tourmente, m'assomme :
Tu sais quel est son choix pour notre fille ?

TOINON.

Un homme.

MADAME TRIGAUDIN.

Non. Bien moins que cela, ma mie, un procureur !

TOINON.

Fi donc ! Rivez son clou.

MADAME TRIGAUDIN.

Çamon ! J'entre en fureur.
Faire, sans mon congé, d'une honnête famille
Un nid de ces vautours et leur donner ma fille !
Je brigue un autre nœud moins indigne de moi.
Vivat la loi de l'homme ! Haine à l'homme de loi !
Avec lui, bien souvent, l'hymen c'est l'esclavage ;
Tout puissant au palais, il veut l'être en ménage ;
Ainsi qu'un tribunal il mène sa maison,
Et fille qui l'épouse a perdu la raison.
Je veux, ayant l'oreille aux avis de la tante,
Inventer quelque ruse et troubler ce qu'on tente.
Va me chercher Babet.

TOINON, à part.

Ah ! si nous avions su,
Que notre beau projet eut été mieux conçu !

MADAME TRIGAUDIN.

Un instant. Si quelqu'un me demande, ma chère,
Soit greffier, procureur, ou toute autre vipère,
Dis qu'on est mal venu, que je suis loin.

TOINON.

Fort bien.

MADAME TRIGAUDIN.

Ferme à leur nez ta porte.

TOINON.

(A part.)

Oui. Ce qu'on dit ou rien...

MADAME TRIGAUDIN.

Mais va donc. Hâte-toi.

TOINON.

(A part). (Haut).

Lentement. Oui, madame.

SCÈNE XXIII.

MADAME TRIGAUDIN, puis LA SERRE, LA PROCUREUSE, LA GREFFIÈRE, TOINON.

MADAME TRIGAUDIN.

Paraisse leur séquelle on lui va chanter gamme,
J'ai du cœur...

(On entend un grand bruit.)

Dieux !

LA SERRE, dans la coulisse.

Laissez.

TOINON, de même.

Paix, dis-je, on n'entre pas.

MADAME TRIGAUDIN.

Monsieur La Serre!

TOINON, de même.

Allons.

LA PROCUREUSE, de même.

Je viens pour un repas.

MADAME TRIGAUDIN.

La procureuse, bon!

TOINON, de même.

La soupe n'est point prête.

En avant, dénichons, madame est à la fête.

MADAME TRIGAUDIN.

Oui dà? La belle fête! Arrière, vils greffiers!

LA GREFFIÈRE, de même.

En route, péronnelle, et gagnons les éviers.

MADAME TRIGAUDIN.

Qu'entends-je? Sauvons-nous. La voix de la greffière!

TOINON, de même.

Au procureur!

MADAME TRIGAUDIN.

Ah! C'est une fourmilière.

(M. La Serre, la procureuse et la greffière entrent malgré Toinon qui cherche à leur barrer le passage.)

LA SERRE, montrant Mme Trigaudin à Toinon.

Tison d'enfer, vois!

TOINON, à part, se frottant les mains.

Bien!

MADAME TRIGAUDIN, à part.

Maudit soit le destin!

LA GREFFIÈRE.

Bonjour, mon doux trésor.

LA PROCUREUSE.

Ma chère Trigaudin...

MADAME TRIGAUDIN.

Ah! Tiens. Quelle surprise!

LA GREFFIÈRE.

Agréable, ma bonne?

MADAME TRIGAUDIN.

Certe, on pensoit à vous, bien charmante personne.
(à part.)
Va, diablesse.

LA PROCUREUSE.

A l'hymen Babet a consenti,
Ce dit-on. C'est, ma foi, prendre le bon parti.
J'aime les procureurs.

MADAME TRIGAUDIN,

Vous aimez les...

(A part.)

Sorcière !

LA SERRE.

Notre coche pensa demeurer dans l'ornière.

MADAME TRIGAUDIN, à part.

Hon ! Que ne l'a-t-il fait?

(Haut.)

Le malheur étoit grand.

LA PROCUREUSE, à part.

(Haut.)

Un repas! C'eût été, sans mentir, déchirant.

MADAME TRIGAUDIN.

(Bas.)

Je vous crois. J'aurais ri, moi, de leurs déchirures...

(A Toinon.)

Fais déguerpir, et tôt, ces sottes créatures.

TOINON.

(A part.)

J'entends. Mais non ferai-je. Il n'est d'autre moyen
D'éviter sur Babet un nouvel entretien...

LA PROCUREUSE, à Mme Trigaudin.

Derechef au festin, ma bonne, ayez la tête :
Meilleur semble un repas quand on sait qui l'apprête.
Pour nous, jusqu'au retour de monsieur Trigaudin,
Allons voir et goûter les fruits de son jardin.

MADAME TRIGAUDIN.

Hein? Quoi?

LA GREFFIÈRE.

Bonjour.

MADAME TRIGAUDIN.

Bonsoir.

(A part.)

Ces gens broutent sans gêne.

TOINON, à part.

Ciel! Tâchons, par la fuite, à nous tirer de peine.

(Elle veut sortir, madame Trigaudin la retient.)

SCÈNE XXIV.

MADAME TRIGAUDIN, TOINON, LE GREFFIER, LE COMMISSAIRE.

LE COMMISSAIRE, au greffier.

La voici tout à point.

LE GREFFIER.

Nous avons donc enfin
L'honneur de rencontrer madame Trigaudin.

MADAME TRIGAUDIN, saluant.

(A Toinon.)

Messieurs... Là! Qu'est-ce encor? D'où nous vient cette ordure?

LE COMMISSAIRE.

Oh! ne la grondez pas.

LE GREFFIER.

Madame, êtes-vous dure.

MADAME TRIGAUDIN.

J'avois dit, que je crois, de nettoyer ici.

LE GREFFIER, se détournant.

Mais nous ne voyons pas...

LE COMMISSAIRE, furetant.

Tout est propre.

MADAME TRIGAUDIN.

Merci.

(A part.)

Alors que, devant moi, deux grands... tas de poussière...

(Haut.)

Je n'ai point, pour cela, l'humeur hospitalière ;
Venez, Toinon. Marchons. Je veux de mes yeux voir,
Messieurs, si tout est prêt à vous bien recevoir.

SCÈNE XXV.

M. TRIGAUDIN, LE GREFFIER, LE COMMISSAIRE, LA SERRE.

TRIGAUDIN, *furieux.*

Vade retro !

LA SERRE.

Comment ?

TRIGAUDIN, *se tournant vers la porte.*

Il faut jouer d'adresse,
Collecteur, mon ami, pour m'oser faire pièce.
Un bois patibulaire !

LE GREFFIER.

Il est fou !

TRIGAUDIN.

Sus ! A l'eau !

LE GREFFIER.

Quoi ?

TRIGAUDIN.

J'ai perdu...

LA SERRE.

Ta femme ?

TRIGAUDIN.

Allons donc ! Un troupeau.
Sur ma bête grimpé, sans souci du coupable,
Des yeux, en cheminant, je dévorois l'étable.
Cent bêtes ! Voyez-vous, j'étois presque un traitant.
Leur peau se distilloit en bons écus comptant.
A d'autres !.. Quand j'arrive et commence l'enquête,

Un brutal, sur mon dos, sans présenter requête...
Quels coups, Tiran, quels coups!.. Si vous m'aviez pu voir,
Vous auriez, par pitié, voulu les recevoir.
Ce collecteur... ma femme!

SCÈNE XXVI.

LE GREFFIER, TRIGAUDIN, MADAME TRIGAUDIN, LA SERRE, LE COMMISSAIRE.

TRIGAUDIN, à part.

Oh! Fâcheuse harpie!
La dispute chez elle est une maladie!

MADAME TRIGAUDIN.

Ta. Ta. D'où venez-vous? En un jour de gala
Ce sont belles façons que de me planter là.

TRIGAUDIN,

Mon enfant....

MADAME TRIGAUDIN.

Taisez-vous. J'ai peut-être été faite
Pour amuser vos gens et les mettre en goguette?

TRIGAUDIN.

Sevrez-vous de ce ton.

MADAME TRIGAUDIN.

Je tiens qu'un insensé
Peut seul...

TRIGAUDIN.

Votre discours, ma femme, est déplacé,
Vous êtes...

MADAME TRIGAUDIN.

Quand ici pestoit votre compagne,
Que faisiez-vous, beau sire, à travers la campagne?

TRIGAUDIN.

Je pourchassois, mignonne, un troupeau de cochons.

MADAME TRIGAUDIN.

Et vous avez trouvé?...

LE GREFFIER.

Six-vingts coups de bâtons.

TRIGAUDIN, bas au greffier.

Las! ses pleurs vont couler.

MADAME TRIGAUDIN.

Nenni! J'aime à l'entendre.

Je ris et de bon cœur.

TRIGAUDIN.

(Au greffier.)

Ouais! Que devient mon gendre?

Je comptois voir céans messieurs de Bonnemain,

La Griffaudière encor....

LA SERRE.

A ce soir ou demain,

J'ai leur promesse.

TRIGAUDIN, à sa femme qui l'attire vivement à elle.

Hé! mais...

MADAME TRIGAUDIN.

Point de bruit.

TRIGAUDIN.

Quelle affaire?

MADAME TRIGAUDIN.

A quoi bon, je vous prie, un gendre et ce notaire?

TRIGAUDIN.

Ma fille...

MADAME TRIGAUDIN.

Votre fille a pris la clef des champs.

TRIGAUDIN.

Qu'entends-je?

MADAME TRIGAUDIN.

Elle est perdue!

TRIGAUDIN, désespéré.

Aie! Affreux contre-temps.

SCÈNE XXVII.

LA SERRE, M. TRIGAUDIN, MADAME TRIGAUDIN, TOINON, LE GREFFIER, LE COMMISSAIRE, LÉANDRE, en costume de voyage, CHAMPAGNE.

TRIGAUDIN, gaiement.

Mais voici l'assassin, Blanchette, quelle ivresse!

MADAME TRIGAUDIN.

Triple sot!

TRIGAUDIN.

Un troupeau. C'est pour nous la richesse,
Et je compte avec lui marier notre enfant.

TOINON, à Mme Trigaudin.

Votre sœur est là qui...

MADAME TRIGAUDIN.

Chut!

TRIGAUDIN, s'éventant avec son bonnet.

Je suis triomphant!

MADAME TRIGAUDIN.

Sortons. Femme d'esprit est ici superflue.

(Mme Trigaudin et Toinon sortent.)

SCÈNE XXVIII.

M. TRIGAUDIN, LA SERRE, LE GREFFIER, LÉANDRE, LE COMMISSAIRE, CHAMPAGNE.

CHAMPAGNE, tenant Léandre par la cravate, au commissaire.

Monsieur de Nigaudin...

TRIGAUDIN.

C'est moi, pas de bévue.

CHAMPAGNE, au greffier, même jeu.

Sur la route...

TRIGAUDIN.

Ici, dis-je.

CHAMPAGNE.

Hé! bon Dieu, que de pas.

(Au procureur, même jeu.)

Je venois donc, monsieur...

TRIGAUDIN.

Drôle, n'entends-tu pas?
Il n'est qu'un Trigaudin, cervelle mal timbrée,
En connois-tu quelqu'autre en toute la contrée?

LÉANDRE, à part, détournant la tête pour n'être point reconnu.

Un seul est déjà trop!

TRIGAUDIN.

On te l'a dit cent fois,
Les arrêts en ces lieux sont rendus par ma voix.

CHAMPAGNE.

Rendez ce qu'il vous plaît. Voilà ce qui m'amène,
Un blanc-bec, un...

TRIGAUDIN.

Sois bref.

CHAMPAGNE.

On vient, mais non sans peine,
D'arracher, croiriez-vous, tout près dû chemin creux,
Aux mains de ce pendard...

TRIGAUDIN, sautant de joie.

Ah! que je suis heureux!
Sans doute un sac d'écus?

CHAMPAGNE.

Une jeune innocente.

TRIGAUDIN.

Avoit-elle un troupeau?

CHAMPAGNE.

Je frémis d'épouvante,

Et, rompant en visière, apprends à ce vaurien
De quel bois est taillé le bras des gens de bien.
Ah! Baiser le pavé sous la main de bons drilles,
Est plus simple, morbleu, que d'enlever les filles.
(A Léandre.)
Sache, fieffé coquin, godelureau de cour,
Que, moi présent, gratis on ne fait pas l'amour.

LÉANDRE, bas à Champagne.

Ferme! Il en tient.

CHAMPAGNE.

Lui pris, je cours vers la donzelle.
A ses pieds un passant se prodiguoit en zèle,
Et... mais il vous peindra lui-même ce forfait.

TRIGAUDIN.

Merci.

CHAMPAGNE.

Je sais qu'il vient...

TRIGAUDIN.

Paix, dis-je, on est au fait.
(A ses amis.)
De grâce asseyez-vous. Moi, je reprends la chose,
Et pour la résumer en deux mots je l'expose :
« Quand le grand Annibal et les Carthaginois
« De deux consuls Romains triomphant à la fois... »

LE COMMISSAIRE, au greffier.

Cet exorde est connu.

LA SERRE.

L'on m'a dit une affaire...

TRIGAUDIN.

C'est se railler! Veut-on me contraindre à me taire?
« Quand le grand... »

LE COMMISSAIRE.

Délogeons. Pour moi je n'aime pas
Ce monsieur d'Annibal. Adieu donc de ce pas.

SCÈNE XXIX.

M. TRIGAUDIN, LÉANDRE, CHAMPAGNE.

CHAMPAGNE, bas à Léandre.

Faites-vous donc connoître.

LÉANDRE, de même.

Et Babet?

CHAMPAGNE, de même.

Ah!... Que croire?
Lui seroit-il en route advenu quelque histoire?

SCÈNE XXX.

M. TRIGAUDIN, LÉANDRE, CHAMPAGNE, GUILLOT, MATHIEU.

GUILLOT et MATHIEU accourant impétueusement.

Ha! Gai! Gai!

TRIGAUDIN.

Les lourdauds!

MATHIEU.

Noutre homme a reparu.

GUILLOT.

Les pieds portant le chef, on ne l'auroit pas cru.

TRIGAUDIN, se plaçant entre eux.

Vous me rompez la tête.

(A Mathieu.)

A vous. Contez l'affaire.

GUILLOT.

Voilà noutre bon maître...

TRIGAUDIN.

A lui. La chose est claire.

S'agit-il ?

GUILLOT, le frappant familièrement.

Patience.

MATHIEU, de même.

On ne vous a pas dit ?

TRIGAUDIN.

Mettez dessus. Parlez.

MATHIEU.

Bian ! J'en perdons l'esprit.
Noutre cadet, cheux nous, de la leune, ou je meure,
Frais comme un bon luron, vient de choir tout sur l'heure.

TRIGAUDIN.

Le troupeau, le coupable, on a suivi leurs pas,
C'est bien. Toinon, du vin !

GUILLOT.

Hé ! Tarare, non pas.

MATHIEU.

Noutre genre, monsieu, n'est point l'homme du crime ;
Mais c'est, comme l'an dit à Paris, la victime.

TRIGAUDIN.

L'assassin ?

GUILLOT.

Je rêvions.

TRIGAUDIN.

Le troupeau ?

MATHIEU.

M'est avis
Que le clerc seul a mis les porcs sur le tapis.

LÉANDRE, à part.

Notre ruse !...

TRIGAUDIN.

Ah ! Coquins.

MATHIEU.

De la bonne manière,
Mon doux maître, il cuvoit son vin dans une ornière :

Je l'avions cru passé quand je veimes son corps.

TRIGAUDIN.

Il vit?

GUILLOT.

Ma certes.

TRIGAUDIN.

Non!

MATHIEU.

Gage vingt sols alors.

TRIGAUDIN, à Toinon qui entre, une bouteille et des verres en main.

Rentrez, il n'est plus temps.

GUILLOT.

Jarniguoi si, la belle.

TRIGAUDIN, à Toinon qui s'apprête à servir à boire.

Ouais! Vite, gaupe. Holà!

MATHIEU, à Toinon.

Bian, bian, sois-ly rebelle!

(Toinon sort.)

TRIGAUDIN, aux paysans.

Vous aussi, détalez et ne m'approchez plus.

MATHIEU.

Je demeurons, mon fils, j'y sommes résolus.

GUILLOT.

Morgué! point de colère.

TRIGAUDIN.

Hé! tôt, gagnons la porte.

CHAMPAGNE, bas à Léandre.

Gare! Ils vont découvrir...

TRIGAUDIN.

Derechef, que l'on sorte.

CHAMPAGNE, aux paysans.

Quoi, n'entendez-vous pas?

MATHIEU, à Trigaudin.

Mon doux maître, écoutez.

TRIGAUDIN, leur tournant le dos.

Diantre soit d'eux, j'enrage...

MATHIEU.

En prix de vos bontés,
Je vous baillons trétous, nous et les ménagères,
Un poulet, deux canards, trois dindons...

TRIGAUDIN, se retournant joyeux.

Mes confrères.
Que n'êtes-vous ici ? Parlé-je comme il faut?
J'ai su par mes discours émouvoir ce maraud!
Bénis soient tes poulets, ô Dieu de l'éloquence!
Toinon, du vin!

(Aux paysans.)

Je prends vos dons sans répugnance.

GUILLOT.

Je l'allons voir, Toinon. Bon vespre.

TRIGAUDIN, à part.

Avant trois jours,
Du collecteur et d'eux j'éclaircirai les tours.

SCÈNE XXXI.

M. TRIGAUDIN, BABET, en nymphe et masquée.
GRIFFONET, LÉANDRE, CHAMPAGNE.

TRIGAUDIN.

Griffonet! C'est toi qui?...

CHAMPAGNE.

Certes oui, voici l'homme,
Et voilà cette enfant...

TRIGAUDIN, à Griffonet.

Tu seras saint de Rome.

GRIFFONET.

Je viens...

TRIGAUDIN.

Grand merci. Chut!

(Considérant Léandre qui est venu se mettre à sa portée.)

Car pour l'instant je crois,
Ce m'est un souvenir, connoître ce minois.

(Haut.)

Hé! mais parbleu, c'est vous?

LÉANDRE.

Oui, c'est nous en personne,
Écoutez, j'ai deux mots...

TRIGAUDIN,

Point, mon devoir m'ordonne...

LÉANDRE, lui présentant une bourse.

Un seul.

TRIGAUDIN, à part, la soupesant.

(Haut.)

Elle en vaut deux. Allons, soit. Plus d'arrêts!
Oui, je prends de bon cœur, monsieur, vos intérêts.

(Bas à Babet.)

Rassurez-vous, madame, avant trente minutes,
Un brave homme de juge aura clos les disputes.

(A Léandre.)

Je suis au fait pourquoi vous parliez ce matin.
Cet ami...

LÉANDRE.

Je voulois connoître mon destin.

TRIGAUDIN.

Sans doute, mais enfin la justice commande
Que tout crime ici-bas ait une réprimande.

LÉANDRE, tirant un papier de sa poche.

Elle commande bien; mais lisez cet avis
Qu'en ma faveur signa quelqu'un de vos amis.

TRIGAUDIN.

Je sais...

LÉANDRE, *souriant.*

Quoi? Chose étrange.

TRIGAUDIN.

On ne peut se reprendre;
Mais, grave est cette affaire, et s'il faut l'entreprendre.
Je veux avoir de vous promesse par écrit
D'épouser.

LÉANDRE, *s'empressant de s'asseoir et d'écrire.*

Mais le père?

TRIGAUDIN.

Eh! bien, j'ai quelque esprit
Et je vous promets, moi, l'obliger à se taire;
Il ne faut qu'en cela mettre un peu de mystère.

LÉANDRE, *se levant et lui remettant un billet.*

Il est vrai.

TRIGAUDIN

Suis-je un sot?

LÉANDRE.

Je ne dis pas.

TRIGAUDIN.

Ma foi,
Ce père, s'il refuse, est plus malin que moi.
Sachez que la justice en de bénoîtes œuvres,
Nous tolère, au besoin, de secrètes manœuvres.

SCÈNE XXXII.

MADAME TRIGAUDIN, LA PROCUREUSE.
LA GREFFIÈRE, LE GREFFIER, M. TRIGAUDIN,
BABET, LÉANDRE, CHAMPAGNE, GRIFFONET.

MADAME TRIGAUDIN, *suivie des nouveaux arrivés, à part.*

Foin de cette volaille! Après autant d'efforts,
Ne puis-je, à son insu, mettre les pieds dehors!

TRIGAUDIN, à la greffière et à la procureuse.

Mesdames, serviteur.

(A sa femme.)

Mais vous, point de harangue :
Dans son palais, de grâce, enchaînez votre langue.

MADAME TRIGAUDIN.

Non ! Non ! Non ! Je ne puis d'ailleurs me contenir,
Je prends enfin la chèvre et je veux en finir.
Venez là, tout mon sang dans mes veines pétille.
Que fait-on de Babet? Rendez-moi cette fille.
Où la chercher?

TRIGAUDIN.

Au diable! où je voudrois vous voir.
Ma mie. Un tel éclat ne se peut concevoir.
Quoi! Suis-je élu bailly pour veiller, à mon âge,
Si ma femme ou ma fille ont le nez au ménage.

MADAME TRIGAUDIN, fixant Babet.

Que vois-je? Est-ce folie? En croiroi-je mes yeux?
Ce costume! Babet !

(Lui arrachant son masque.)

C'est elle!

TOUS, sur un ton différent.

Ciel !

TRIGAUDIN.

Grands Dieux !

MADAME TRIGAUDIN.

Mon enfant...

TRIGAUDIN.

Impudente !

BABET.

Oh! Ce n'est pas ma faute.

TRIGAUDIN.

Dieu me damne! Peut-on voir audace plus haute.
(A Léandre.)
Face riante, œil sec, contemple notre affront.

Beau blondin de couchette.

LÉANDRE.

Hein ! Moi baisser le front ?

(Accentuant avec intention.)

Mais quand un père usurpe un pouvoir tyrannique,
On peut, pour s'affranchir, mettre tout en pratique.
N'est pas sot qui l'a dit. Le père consent-il ?

TRIGAUDIN, à part.

Double traître ! Il nous dupe et le tour est subtil.

(Haut.)

Non, monsieur, j'ai promis. Vous vous nommez ?

LÉANDRE.

Léandre.

MADAME TRIGAUDIN, à part.

Ah ! Celui que ma sœur me conseille pour gendre.

TRIGAUDIN.

Pardon. J'ai fait mon choix. Monsieur de Bonnemain
Procureur, de Babet peut seul avoir la main.
Il arrive ce soir et m'a bien fait promettre...

SCÈNE XXXIII ET DERNIÈRE.

M. TRIGAUDIN, MADAME TRIGAUDIN, LA GREFFIÈRE, LA PROCUREUSE, LE GREFFIER, BABET, LÉANDRE, GRIFFONET, CHAMPAGNE, TOINON.

TRIGAUDIN, à Toinon.

Qu'est-ce encore ?

TOINON, bas.

Un papier que l'on vient de remettre.
Qu'il est mignon. Sentez. Charmant poulet d'amour.

(En riant.)

Si madame voyoit...

TRIGAUDIN.

Donnez vite.

TOINON.

Bonjour.

TRIGAUDIN, lisant.

« Monsieur,

« Vous devinez le motif de mon absence ; je refuse dès « à présent, pour bonnes raisons, la main de votre fille ; « accordez-la, je vous prie, à quelqu'autre et ne faites « plus cas de ma promesse. »

« Signé *de Bonnemain !* » La peste soit de l'homme !

LÉANDRE, à part.

Il y mord !

TRIGAUDIN.

Procureur et maraud ; c'est tout comme !...

(A Léandre.)

Monsieur, voici Babet.

LÉANDRE.

Point. Je change d'avis.

Mes sens de vos refus sont en tout point ravis.

De ce pas...

TRIGAUDIN.

Vous changez, vous vous...

LÉANDRE.

Dieu vous bénisse :

Mais...

TRIGAUDIN.

Point de mais. J'entends qu'un contrat vous unisse.

Gardez de résister, j'ai certain mot en main...

(A Babet.)

Tu consens ?

BABET.

Il faut bien.

TRIGAUDIN, mettant la main de Babet dans celle de Léandre.

Soit ; la fête à demain.

LÉANDRE, à Babet.

Enfin !

TRIGAUDIN, à sa femme.

Quoi?

MADAME TRIGAUDIN.

Rien. Le sort fait ce qu'on vouloit faire.

TRIGAUDIN, à Léandre.

Mais la dot...

LÉANDRE.

Je réponds, monsieur, de mon beau-père :
Son mépris de l'argent...

TRIGAUDIN.

Ma probité vous plaît ?
Pour du talent, voyez, Asnières me connoît!
Mais je veux tout à fait régaler vos oreilles
De ce beau plaidoyer dont on chante merveilles :
« Quand le grand Annibal et les Carthaginois
« De deux consuls Romains triomphants à la fois,
« Portèrent la terreur au sein de l'Italie
« Et couvrirent de morts les plaines d'Apulie,
« Quand... »

(Madame Trigaudin suivie des autres acteurs, est sortie au commencement du discours de son mari, quand il s'aperçoit qu'il est seul, il s'écrie :)

Personne! Bourreaux. Je ne veux rien finir,
Si l'un de vous n'écoute et ne daigne applaudir!

(Au parterre.)

Messieurs, si je mérite une autre destinée,
De grâce, vengéz-moi : la pièce est terminée.

FIN DES VENDANGES.

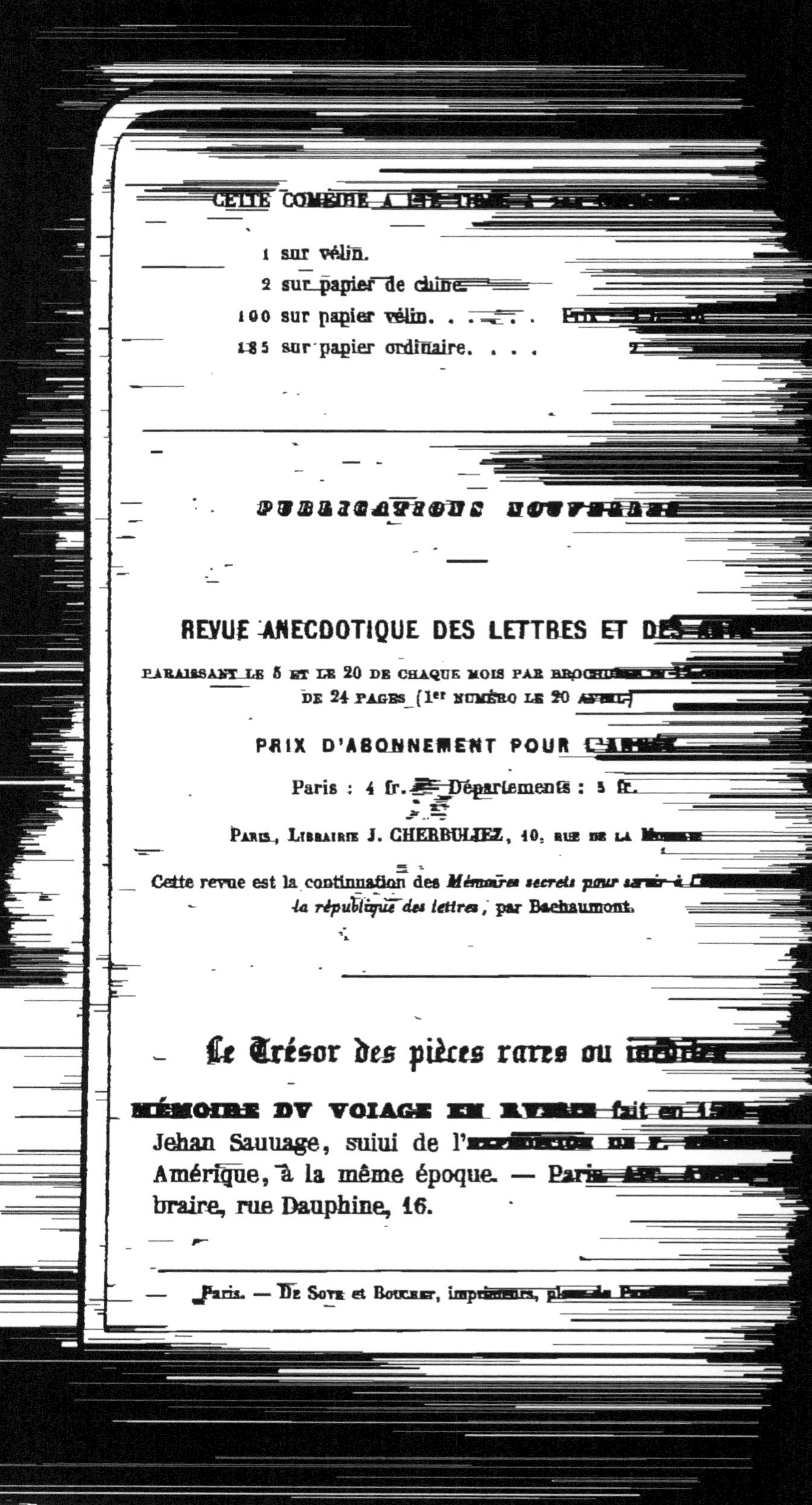

CETTE COMÉDIE A ÉTÉ TIRÉE À [illegible]

1 sur vélin.
2 sur papier de chine.
100 sur papier vélin. . . . . . Prix [illegible]
185 sur papier ordinaire. . . . 2 [illegible]

Paris. — De Soye et Bouchet, imprimeurs, place du Panthéon [illegible]

www.ingramcontent.com/pod-product-compliance
Ingram Content Group UK Ltd.
Pitfield, Milton Keynes, MK11 3LW, UK
UKHW020427230726
13925UKWH00004B/1632